Vente des Mercredi 29, Jendi 30 Novembre
et Vendredi 1er Décembre

HOTEL DROUOT, SALLE N° 5

COLLECTION

DE

FAÏENCES FRANÇAISES

ITALIENNES ET HOLLANDAISES

Porcelaines, Bijoux, Orfèvrerie, Sculptures

MEUBLES

TABLEAUX, GRAVURES, DESSINS, AQUARELLES

EXPOSITION PUBLIQUE

Le Mardi 28 Novembre 1882, de une heure à cinq heures

COMMISSAIRE-PRISEUR :

Me Henri LECHAT, rue Baudin, 6 (Square Montholon)

EXPERTS :

Pour les Objets d'art :	Pour les Tableaux :
M. Ch. MANNHEIM	**M. Eugène COTTÉE**
Rue Saint-Georges, 7	Boulevard Malesherbes, 18

PARIS — 1882

Vᵉ RENOU, MAULDE et COCK

IMPRIMEURS DE LA COMPAGNIE DES COMMISSAIRES-PRISEURS

Rue de Rivoli, 144.

CATALOGUE

DES

FAÏENCES FRANÇAISES

HOLLANDAISES ET ITALIENNES

DES FABRIQUES DE

Nevers, Rouen, Moustiers, Marseille, Sceaux

FAIENCES DE DELFT ET DE CASTELLI

PLATS DE RHODES

Porcelaines, Bijoux, Orfèvrerie, Coffrets en fer, Bronzes, Objets variés
Sculptures en bois et en ivoire

MEUBLES EN BOIS SCULPTÉ

TABLEAUX, GRAVURES, DESSINS, AQUARELLES

Dont la vente aura lieu

HOTEL DROUOT, SALLE N° 5

Les Mercredi 29, Jeudi 30 Novembre et Vendredi 1er Décembre

A DEUX HEURES

Par le ministère de **Me Henri LECHAT**, Commissaire-Priseur,
rue Baudin, 6 (square Montholon),

Assisté, pour les Objets d'art, de **M. Charles MANNHEIM**, Expert,
rue Saint-Georges, 7,

Et, pour les Tableaux, de **M. Eugène COTTÉE**, Expert,
boulevard Malesherbes, 18,

CHEZ LESQUELS SE TROUVE LE PRÉSENT CATALOGUE.

EXPOSITION PUBLIQUE

Le Mardi 28 Novembre 1882, de une heure à cinq heures.

PARIS — 1882

CONDITIONS DE LA VENTE

La Vente sera faite au comptant.

Les Acquéreurs paieront CINQ POUR CENT, en sus des adjudications, applicables aux frais.

DÉSIGNATION DES OBJETS

FAIENCES DE ROUEN

1 — Jolie Bannette oblongue, à deux anses, décor bleu et rouille, à lambrequins au bord et corbeille de fleurs au centre.

2 — Autre Bannette de même forme, décor polychrome à sujet de style chinois.

3 — Bannette de forme ovale, à contours et à deux anses, décor polychrome, dit à la grenade.

4 — Grand Plat rond, à bords festonnés, décor polychrome, dit à la grenade.

5 — Compotier rond, à bords festonnés, décor polychrome, à vase de fleurs, médaillon de paysage et branches de fleurs.

6 — Bannette oblongue, à deux anses, décor polychrome, corbeille de fleurs au centre, quadrillages et fleurs au bord. Sinceny.

7 — Deux belles Assiettes, bords festonnés, décor polychrme à la corne.

8 — Plat long, à contours, décor polychrome, dit au carquois au centre et ornements au marli.

9 — Compotier rond, à contours, décor polychrome à ornements, rocaille, arbustes, fleurs et oiseaux.

10 — Compotier octogone, décor bleu et rouille, corbeille de fleurs au centre, ornements et fleurettes au pourtour.

11 — Deux petits Lions assis, tenant chacun un écusson armorié, décor polychrome.

12 — Petit Plat octogone, décor polychrome ; au fond, une pagode, au bord, crevettes et quadrillages. Sinceny.

13 — Plat ovale, à contours, décor polychrome, au centre, arbustes, oiseaux et fleurs, au marli, couronne de fleurs.

14 — Pot à eau, décor polychrome à festons de fleurs et ornements.

15 — Soupière oblongue, décor polychrome de style chinois, à figures et fleurettes.

16 — Sucrière à saupoudrer, à décor bleu.

17 — Ménagère oblongue et à pans, décor bleu et rouille.

18 — Moutardier, décor polychrome, monté en étain.

19 — Deux petits Vases à pans, décor polychrome.

20 — Deux petits Vases de même forme à décor bleu.

FAIENCES DE MOUSTIERS

21 — Plat oblong à contours, décor polychrome ; au centre, médaillon ovale, représentant un sujet de chasse ; au pourtour, fleurettes et festons de fleurs.

22 — Quatre Assiettes de même décor.

23 — Assiette à bords festonnés, décor dans le goût de Callot, en camaïeu jaune orangé.

24 — Petit Plat à pans, à médaillon, décor polychrome et ornements dans le goût de Bérain au marli.

25 — Petit Plat long, à contours, décor bleu et jaune d'ocre, au centre, écusson armorié soutenu par deux levriers, et ornements au marli.

26 — Assiette à décor en camaïeu vert, dans le goût de Callot.

27 — Assiette à bords festonnés, décor polychrome, de style chinois.

28 — Assiette à bords festonnés, décor bleu à fleuron.

29 — Assiette à bords festonnés, en ancienne faïence d'Aprey, décorée de fleurs sur fond jaune.

30 — Assiette, décor polychrome, dans le goût de Callot.

31 — Petit Plat rond, décor polychrome, à fleurs.

32 — Pot à eau, décor polychrome à médaillon de paysage et festons de fleurs.

33 — Jardinière-applique de forme cintrée, à décor de même style.

34 — Théière à fond jaune, et décor polychrome à fleurs.

35 — Écuelle ronde, à deux anses plates, de même décor.

36 — Deux petits Seaux avec anses à mascarons, décor polychrome à ornements.

37 — Deux Seaux à décor polychrome, dans le goût de Bérain.

38 — Salière en forme de boîte à couvercle, décor polychrome à fleurs et oiseaux.

39 — Assiette à bords festonnés, décor polychrome à trophées d'armes, vases de fleurs et ornements.

FAIENCES DE MARSEILLE

40 — Plat ovale à contours, décor polychrome à fleurs.

41 — Assiette à décor polychrôme, à fleurs.

42 — Beurrier ovale sur plateau adhérent, décor polychrôme à fleurs.

43 — Assiette en faïence de Marseille, décor polychrome à fleurs.

44 — Quatre autres Assiettes à bords festonnés, décor polychrome à fleurs.

45 — Assiette décor polychrome, à paysage et personnages au marli, insectes et animaux.

46 — Diverses Assiettes en faïence de Marseille, décor polychrome à fleurs.

FAIENCES DE DELFT

47 — Jolie Plaque de forme contournée, encadrée d'ornements et de coquilles en relief, décor polychrome à fleurs et oiseaux.

48 — Autre jolie Plaque de forme contournée, encadrée d'une moulure, décor prolychrome de style chinois, jeune femme près d'une table.

49 — Deux Plaques à angles arrondis et rentrants, décor manganèse, dans le goût chinois, à figures, fleurs et ornements.

50 — Petite Plaque de forme contournée, encadrée d'ornements rocaille et surmontée d'un mascaron, décor bleu à arbustes et fleurs.

51 — Jolie Assiette à décor bleu, rouge et or, de style japonais, paysage.

52 — Deux Assiettes, décor polychrome, de style japonais, haies, ornements et fleurs.

53 — Petite Plaque oblongue à contours, décor polychrome, rehaussé d'or; au centre, deux personnages dans un paysage; au pourtour, fleurs et ornements.

54 — Petit Plateau à angles coupés, décor polychrome à fleurs et oiseaux.

55 — Petite Bouteille forme gourde, à pans, à décor bleu.

56 — Assiette décor polychrome, à corbeilles de fleurs en couleurs, et entre-deux à fond bleu rehaussé d'ornements.

57 — Petite Coupe à côtes, de même décor.

58 — Assiette à fond vert et à quatre compartiments de fleurs polychromes.

59 — Deux Vide-Poche formés de corbeilles tenues chacune par une figurine assise, décor polychrome.

FAIENCES ITALIENNES

60 — Petit Plat rond, en faïence de Faenza, à quadrillages en couleurs au centre, et fleurs bleues au marli.

61 — Jolie Assiette en ancienne faïence de Castelli, décorée d'un groupe de figures au centre et de génies et mascarons au marli.

62 — Autre Assiette avec sujet champêtre au centre et génies, fleurs et cartouches au marli.

63 — Deux petites Assiettes en ancienne faïence de Castelli, jeune femme assise dans un paysage.

64 — Trois autres Assiettes de même faïence, décorées d'un paysage.

65 — Deux Tasses trembleuses, de même faïence et décorées de personnages et d'Amours dans des paysages.

66 — Cafetière décorée du Triomphe d'Amphitrite au pourtour (Castelli).

67 — Plat rond en faïence italienne; au centre, figure de saint personnage; au pourtour, feuillages oiseaux.

68 — Plaque rectangulaire en hauteur, en faïence de Castelli : Triomphe d'Amphitrite.

69 — Plaque rectangulaire de même faïence : Sainte Famille.

70 — Autre Plaque de même faïence : Saint Jean Népomucène en adoration.

71 — Petit Plat oblong à contours, décor polychrome à ornements et paysages.

72 — Assiette, de même décor que le plat qui précède.

73 — Plaque rectangulaire en hauteur en faïence italienne : Suivant de Bacchus dans un paysage.

74 — Plaque, de même forme, en faïence de Castelli; figure allégorique dans un médaillon ovale.

75 — Plaque rectangulaire en largeur, en faïence de Castelli (Paysage).

FAIENCES DIVERSES

76 — Beau Plat rond en ancienne faïence de Rhodes, décoré de roses, de tulipes et d'ornements, sur fond blanc.

77 — Autre Plat rond en faïence de Rhodes, décoré d'une rosace émaillée vert et rouge.

78 — Plat rond en faïence de Nevers, à fond bleu, décoré de fleurs en blanc et jaune.

79 — Assiette de même faïence, fond bleu de Perse, et décor de fleurs émaillées de blanc.

80 — Petit Vase en forme de balustre, fond bleu de Nevers, et fleurs blanches et jaunâtres.

81 — Ecuelle en faïence de Nevers, fond bleu de Perse, et décor émaillé blanc.

82 — Belle Assiette en ancienne faïence de Sceaux, décor polychrome, à larges fleurs et bord doré à dents.

83 — Deux Assiettes en faïence de Lorraine, décor polychrome; au centre, un bouquet de fleurs; au marli, rayons ornés à fond carmin, rubans et feuillages.

84 — Quatre Assiettes en faïence de Sceaux, décor polychrome au centre; médaillon de paysage et fleurettes au marli; au bord, des hachures bleues.

85 — Deux Assiettes en faïence de Saint-Amand, décor polychrome à fleurs sur fond bleuté et fleurs émaillées blanc au marli.

86 — Compotier carré à angles arrondis en faïence de Milan, décoré de fleurs en bleu, rouge et or.

87 — Assiette à bords festonnés, décor polychrome, paysage au centre, jetés de fleurs au marli.

88 — Plateau, formé d'une feuille de nénuphar, à fleurettes en relief, décor polychrome.

89 — Deux petits Seaux à deux anses, décor de style chinois bleu et manganèse.

90-91 — Huit Plaques de revêtement en faïence de Perse, à figures en relief et en deux dimensions.

92 — Plaque de revêtement en faïence de Perse, décorée de deux figures en relief sur fond bleu.

93 — Plat hispano-mauresque, à décor à reflets métalliques cuivreux.

PORCELAINES

94 — Deux petits Vases, en forme de balustre, en ancienne porcelaine de la Chine, décorés de fleurs sur fond vert.

95 — Trois Assiettes en ancienne porcelaine de la Chine, décorées de fleurs en émaux de la famille rose.

96 — Petit Plat rond, de même porcelaine et de décor analogue.

97 — Jolie Assiette à bords festonnés, en ancienne porcelaine de la Chine, décorée en émaux de la famille rose; au centre, groupe de deux Personnages; au marli, fleurs et attributs.

98 — Deux Assiettes en porcelaine de la Chine, à bords gaufrés et décor polychrome à fleurs, rochers et oiseaux.

99 — Assiette en porcelaine anglaise, décor polychrome à fleurs et bord gros bleu rehaussé d'or.

100 — Plat rond en vieux Japon à décor en bleu, rouge et or.

101 — Assiette en ancienne porcelaine de Chantilly, décor polychrome à fleurs.

102 — Cinq Assiettes à bords festonnés en porcelaine de Saxe, l'une est décorée de fleurs en camaïeu bleu, deux autres de fleurs en couleurs; les dernières à bords gaufrés sont décorées de fleurs.

BIJOUX ET ORFÈVRERIE

103 — Bague en or, montée de trois brillants.

104 — Bague en or, montée de deux saphyrs et d'un brillant.

105 — Montre Louis XVI en or de couleur ciselée, à attributs et ornements.

106 — Autre Montre en or du temps de Louis XVI. Le fond est orné d'une peinture sur émail, portrait de femme et ornements.

107-108 — Diverses Montres en or et en argent, qui seront vendues séparément.

109 — Tabatière carrée en nacre gravée, montée en argent.

110 — Collier d'or avec plaque émaillée et rosace en rose.

111 — Etui en émail de Saxe, à fond rose.

112 — Porte-Cigares en argent niellé. Travail russe.

113 — Lot de Monnaies d'argent antiques et autres.

114 — Deux petits Plateaux ronds en vermeil.

115 — Petite Cafetière en argent, modèle à côtes.

116 — Pot à crème en argent guilloché.

117 — Deux Tasses avec Soucoupe en argent.

118 — Tabatière oblongue en argent guilloché.

119 — Tabatière oblongue en argent gravé, à figures et ornements, époque Louis XVI.

120 — Autre Boîte en argent ciselé, à figures et ornements rocaille.

121 — Trois Couverts en argent, modèle à coquilles.

122 — Cuiller et Fourchette en argent gravé et doré. Travail allemand.

123 — Poisson articulé en argent.

124 — Deux Tabatières en argent niellé. Travail moderne.

125 — Truelle à poisson en argent gravé.

OBJETS VARIÉS

126 — Coffret oblong à couvercle plat en fer gravé à l'eau-forte. Travail allemand.

127 — Autre petit Coffret oblong en fer gravé à l'eau-forte, décoré de bustes et d'ornements.

128 — Coffret oblong en maroquin rouge doré au fer, XVIIIe siècle.

129 — Coffret Louis XIII en marqueterie de bois.

130 — Coffret oblong à couvercle bombé en fer, époque Louis XIII.

131 — Coffret analogue à celui qui précède, mais plus petit.

132 — Coffret pour missel en fer uni.

133 — Coffret oblong en fer, à ornements et bustes en relief.

134 — Tirelire carrée en fer uni.

135 — Entrée de serrure avec clef. Pièce de maîtrise du temps de Louis XIII.

136 — Cheval mort couché. Groupe en bronze par Fratin.

137 — Deux Médaillons en bronze : jeux d'enfants et Apollon pinçant de la lyre.

138 — Groupe en pierre de lard : paysage avec personnages. Travail chinois.

139 — Deux Statuettes incomplètes en ivoire : Saints personnages debout. Travail espagnol.

140-141 — Lot de diverses Fioles antiques en verre.

142 — Diverses Divinités égyptiennes en terre émaillée.

143 — Bas-Relief en albâtre (la Nativité), XVIe siècle.

144 — Quatre petits Bas-Reliefs en albâtre, représentant des sujets religieux.

145-146 — Huit Poignards ou Couteaux variés de formes. Ce lot sera divisé.

147 — Deux Plats ronds en cuivre jaune à rosaces et ornements en relief, XVe siècle.

148 — Plat analogue à ceux qui précèdent, mais plus grand.

149 — Jardinière ovale en cuivre jaune battu, à godrons, avec anses, têtes de lion et anneaux.

150-152 — Lot de Miniatures diverses sur vélin et sur ivoire.

153 — Seau à anse en cuivre rouge.

154-155 — Diverses Pièces en étain.

156 — Deux Mortiers anciens en bronze avec leurs pilons.

MEUBLES ET BOIS SCULPTÉS

157 — Grand Meuble fermant à quatre portes, en bois sculpté à figures et ornements, XVIIe siècle.

158 — Meuble, en forme de crédence fermant à deux portes, en bois sculpté à figures, mascarons et ornements.

159 — Bas-Relief en bois peint et doré, représentant l'Adoration des mages, XVIe siècle.

160 — Bas-Relief en bois : saint personnage en prière.

161 — Fragment de groupe en bois sculpté ; l'enfant Jésus assis sur un avant-bras, XVIIe siècle.

162 — Deux Pièces en bois sculpté : le Christ mort et étendu et saint Jean debout.

163-165 — Diverses autres Statuettes en bois sculpté, quelques-unes rehaussées de peinture et de dorure.

166 — Boîte à sel en forme de prie-Dieu. Travail flamand.

167 — Trois Panneaux de meuble en bois sculpté, à figures et incrustés de marbre.

168 — Autre Panneau provenant également d'un meuble.

169 — Tableau en bois sculpté en bas-relief, à figure d'abondance debout, dans un cadre à moulures.

170-173 — Dix Cadres en bois sculpté de diverses époques. Ce lot sera divisé.

174-177 — Quatre Glaces, de formes variées, avec cadres en bois sculpté et doré.

178 — Bas-Relief en bois, représentant un saint personnage en adoration devant l'Enfant Jésus. Dans le haut, un groupe d'anges.

TABLEAUX MODERNES

1 — **Angé**. Marine.

2 — **Bouchet**. Paysage, Animaux.

3 — **Ballue**. Paysage (Dessous de bois).

4 — **Ballue**. Paysage (Dessous de bois).

5 — **Ballue**. Paysage.

6 — **Ballue**. Paysage.

7 — **Ballue**. Paysage.

8 — **Ballue**. Paysage.

9 — **Berg** (Van). Marine.

10 — **Caracciolo**. Effet de neige.

11 — **Caracciolo**. Étude.

12 — **Cauchois**. Nature morte.

13 — **Cauchois**. Nature morte.

14 — **Cauchois**. Nature morte.

15 — **Cauchois**. Nature morte.

16 — **Cauchois**. Nature morte.

17 — **Cauchois**. Nature morte.

18 — **Cauchois**. Nature morte.

19 — **Cauchois**. Nature morte.

20 — **Cauchois**. Nature morte.

21 — **Cauchois**. Nature morte.

22 — **Génix**. Marine (Rivière).

23 — **Grailly** (De). Paysage.

24 — **Gudin** (Attribué à Th.). Marine.

25 — **Guillot**. Paysage.

26 — **Laynaud**. Vue du Tréport.

27 — **Laynaud**. Bords de la mer.

28 — **Laynaud**. Une Plage au Tréport.

29 — **Lointier**. Boulevard de Clichy.

30 — **Malbranche**. Convoi militaire. Effet de neige

31 — **Petit** (A). Paysage, vue d'une ville.

32 — **Prévost**. Paysage.

33 — **Prévost**. Paysage.

34 — **Rozier** (J.). Paysage (Rivière).

35 — **Vallée** (E.). Paysage.

36 — **Verpois**. Paysage.

TABLEAUX ANCIENS

37 — **Duchatel** (F.). Portrait d'homme.

38 — **Wynants** (Ecole de). Paysage.

39 — **Ecole espagnole**. Portrait d'homme.

40 — **Ecole flamande**. Paysage, animaux.

41 — **Ecole hollandaise.** Portrait de femme.

42 — **Ecole hollandaise.** Portrait d'homme.

43 — **Ecole italienne.** Tête de femme.

AQUARELLES ET DESSINS

44 — **Boilly** (L.). La Lecture (Sépia).

45 — **Boilly** (Attribué à). Tête d'homme.

46 — **Boilly** (Attribué à). Tête de femme.

47 — **Bouchardon.** Motif d'architecture.

48 — **Carmoin.** Paysage.

49 — **Carmoin.** Paysage.

50 — **Clermont.** Etude de femme.

51 — **Girard.** Paysage.

52 — **Karrel** (Du Jardin). Sanguine.

53 — **Jeaurat.** Tête d'homme.

54 — **Kneller.** Portrait de la comtesse d'Essex (Sanguine).

55 — **Last.** Éplucheuse de légumes (Aquarelle).

56 — **Lemoine.** Tête de femme.

57 — **Le Padouan.** Tête d'homme (Sanguine).

58 — **Lévis.** Vue de Montmartre.

59 — **Nanteuil.** Paysage (Aquarelle).

60 — **Natoire.** Tête de femme.

61 — **Noël** (A.). Château de Saumur.

62 — **Noël** (A.). Montmartre en 1843.

63 — **Noël** (A.). Vue d'Alençon.

64 — **Palmérius.** Sujet champêtre.

65 — **Pelletier.** Vue d'une ferme (Mine de plomb).

66 — **Porbus.** Tête de femme.

67 — **Ramelet.** Paysan breton.

68 — **Saint-Aubin.** La Communion.

69 — **Saint-Germain.** Une rue de Rouen.

70 — **Steffens** (L.). La Marchande de reliques.

GRAVURES

71 — **Bonnet** (D'après Huet). Le Déjeuner, le Dîner, le Goûter, le Souper (Gravures coloriées).

72 — **Bosio.** Les Invisibles (Gravure coloriée).

73 — **Frael** (D'après Callot). Vue du Pont-Neuf avec la Tour de Nesle.

74 — **Le Bas** (D'après Téniers). La petite Laitière.

75 — **Le Mire** (D'après Téniers). Les Nouvellistes flamands.

76 — **Picault** (D'après Callot). La Tentation de saint Antoine.

77 — **Simon** (J.-P.). Les douze Mois de l'année (Gravures coloriées).

78 — Sous ce numéro, seront vendus les Tableaux, Aquarelles et Dessins non catalogués.

Ve Renou, Maulde et Cock, imprs de la Compagnie des Commissaires-Priseurs, rue de Rivoli, 144. 33027

RED. :

19

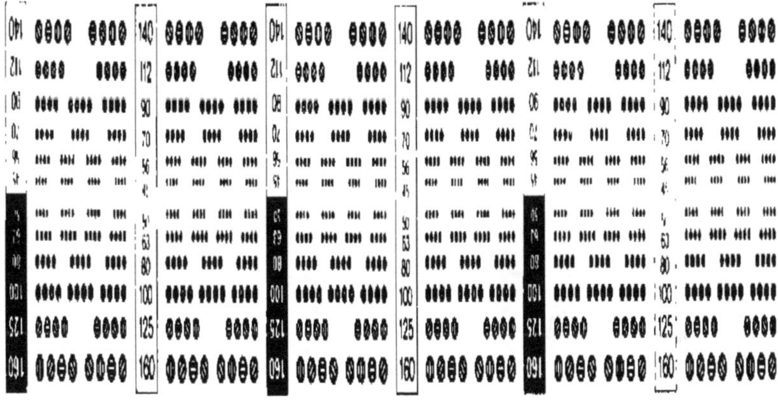

0 1 2 3 4 5 6 7 8 9 10

www.ingramcontent.com/pod-product-compliance
Ingram Content Group UK Ltd.
Pitfield, Milton Keynes, MK11 3LW, UK
UKHW020539180726
13839UKWH00006B/2608